诗
想
者

H I P O E M

约等于虚构

Yuedengyu Xugou

陈群洲　著

GUANGXI NORMAL UNIVERSITY PRESS
广西师范大学出版社
·桂林·

策 划 人/ 刘　春
责任编辑/ 郭　　静
责任技编/ 李春林
内页插画/ 曲光辉
装帧设计/ 唐秋萍

图书在版编目（CIP）数据

约等于虚构 / 陈群洲著. —桂林：广西师范大学
出版社，2020.5
　ISBN 978-7-5598-2688-6

　Ⅰ. ①约… Ⅱ. ①陈… Ⅲ. ①诗集－中国－当代
Ⅳ. ①I227

中国版本图书馆 CIP 数据核字（2020）第 043853 号

广西师范大学出版社出版发行
（广西桂林市五里店路 9 号　邮政编码：541004）
网址：http://www.bbtpress.com
出版人：黄轩庄
全国新华书店经销
广西广大印务有限责任公司印刷
（桂林市临桂区秧塘工业园西城大道北侧广西师范大学出版社
集团有限公司创意产业园内　邮政编码：541199）
开本：889 mm × 1 194 mm　1/32
印张：6.5　　字数：150 千
2020 年 5 月第 1 版　　2020 年 5 月第 1 次印刷
定价：55.00 元

如发现印装质量问题，影响阅读，请与出版社发行部门联系调换。

触摸虚构中最真实的那片辽阔

——陈群洲诗歌印象

萧　萧

　　群洲兄于我亦师亦友，他为官一方却因为诗歌与吾等布衣保持三十年的君子之交，想必也称得上诗坛佳话。群洲来电时我在新西兰，隔着一座太平洋他嘱我为他的新诗集《约等于虚构》写序，让我惊愕。群洲乃湖南诗坛名宿、衡阳作家协会的掌门人。众所周知，大凡著书立说其序言皆出自名家手笔，吾等何人？惶恐之余我婉言谢绝过他的美意。

　　20世纪80年代中国文坛风起云涌，"唯楚有材"的湖南文学异军突起，涌现出一大批重要的作家和诗人，被外界称为"文学湘军"。在那个强大的阵容里，陈群洲便以情诗著称被诗坛誉为"情诗王子"。90年代，陈群洲提出诗歌、散文、散文诗之外的另一种独立文体——诗散文，并长期从事这一文体的探索与实践，他推出的自己的诗散文文本《春天的声音》，一度引起诗坛广泛关注。著名诗歌评论家谢冕先生对诗散文给予高度评价。

　　三十多年来陈群洲笔耕不辍，至今已出版诗集七部。纵观他的诗歌创作历程，从最初爱情诗里突围后开始尝试多维度写作，从关注狭义的自我到后来倾向于广阔的社会人文世界。"诗人必须敢于放弃用过的风格，敢于割爱、削减。如果必要，可放弃雄辩，做一个诗的禁欲主义者。"正如瑞典诗人托马斯·特朗斯特罗姆所言，陈群洲在创作实践中不断地尝试突破，究其创作轨迹，以"有我—无我—超我"的姿态层层递进，不断完善自己的写作，像攀登者拾级而上拥抱属于自己的登峰造极之境。

> 从烈火里取出光和时间的骨头
>
> 工匠们都是异想天开的诗人
>
> 他们，在低处写高于想象的唐诗宋词
>
> 万里江山的社稷风云。赋予泥土生命的荣耀
>
> 一个又一个春天，在光阴里远走高飞
>
> ——《衡州窑》

衡阳，古称衡州，湖湘文化的重要发祥地。陈群洲生于斯长于斯，这座让他引以为豪的古城与他的人生息息相关。近几年来陈群洲的诗歌创作呈井喷状，佳作迭出。他写一座城市，写他对工匠们的崇敬，爱之以火、以土、以热血，他之于一座城市的爱，经得起火与土的千锤百炼，他的诗亦然。

"诗人的生活必然在他的诗歌中得到反映,这是艺术的规律,也是人生的一条规律。"诗人聂鲁达所说印证了陈群洲写作的本质。

一方水土养一方人,喝湘江水长大的陈群洲是一位有使命感的诗人,他坚持以其独特的诗歌写作方式挖掘与传承湖湘文化。诸如《祝融峰》《玉麦》《南岳衡山,这些移动的群峰》《南岳夜雨》《春到衡阳》等诗篇都是这座城市在他内心深处进出的回响,读罢荡气回肠。"吹走陈年旧事,春风是个喜欢拨弄琴弦的人/她呵气如兰,辽阔的衡州大地/树木争相返老还童,花香传得很远"(《春到衡阳》),字里行间隐藏着滚烫的赤子心,这不禁让我想起诗人艾青的名句:"为什么我的眼里常含泪水?/因为我对这土地爱得深沉……"一个懂得感恩的诗人,他的心里必有高山厚土,衡阳这座血性之城始终是群洲为人为诗的底色。

走向户外写作是陈群洲近来创作的另一个尝试,他颇为认同著名诗人周瑟瑟先生所倡导的"中国诗人田野调查写作"并参与其间。于是"洲瑟合鸣",共同策划了"第二届衡山诗会·中国诗人田野调查南岳写作计划"。作为活动的积极推动者，陈群洲和国内许多知名诗人南岳煮诗，衡山论道。诗人们深刻感受南岳衡山的精神内涵，深入了解南岳衡山的人文历史，以户外行走的方式展开"田野调查"与"有现场感的写作"。此活动取得空前成功，激发了群洲走向户外体验写作的热情，更大程度地延伸了他的创作视野。

> 这些爱美的豹子，它们的穿着
> 比老虎还时尚，永远有时光的美学潮流
>
> 在云端里小憩的时候，才意外交出身体里的软
> 路过的春天，误把它们当成草木的
> 柔情，山水迷人的一部分
>
> 风吹过，群峰抖动
> 火山爆发之前，常常有这样的征兆
>
> ——《紫鹊界梯田》

走向户外的实验写作让他的诗意更加辽阔，诗人有一双

慧眼，读出了别样的梯田。我们惊叹于诗人超乎寻常的想象力，竟然将豹纹与梯田联系在一起。"风吹过，群峰抖动／火山爆发之前，常常有这样的征兆"。最后诗人跳出梯田的狭义，给我们无限的想象。惜墨如金，更具张力的诗情奔涌而出，读罢拍案叫绝。"诗是对事物的感受，不是认识，而是幻想，一首诗是我让它醒着的梦。诗最重要的任务是塑造精神生活，提示神秘。"群洲这首诗在某种程度上暗合了诗人托马斯·特朗斯特罗姆的诗观。恕我孤陋寡闻，第一次读这首诗时我对紫鹊界梯田一无所知，特意上网搜了一下顺便欣赏了不少紫鹊界梯田风光摄影作品，但总觉得远不如诗人笔下的紫鹊界梯田所给我的艺术享受。这得益于诗人驾驭语言的超凡能力与对事物独到的洞悉力。

> 秋风吹薄了漓江。风把水里的石头
> 吹到岸边。两岸的群山
> 被吹得零零散散，瘦骨嶙峋
> ——《在漓江边捡石头》

群洲与桂林之恋缘于诗歌，也缘于他与桂林诗人刘春先生的友情。一年一度的桂林诗会，群洲都会率衡阳众诗人如期而至，归来必有大作问世。写漓江的诗多如两岸江滩的鹅卵石，数不胜数，再写，若无新意，即是败笔。"我确信，用心，就一定有一块传世美玉／在乱石堆里，等着自己"。果不其然，群洲从不辜负桂林山水，更不会辜负喜爱他的读者，语言简约，诗意辽阔。他写漓江，写那些散乱的石头，其实也是写自己。诗人的天职就是寻找，在生死间寻找真理，在疼痛里寻找爱，在黑夜中寻找曙光，在迷离处寻找真我，以分行的文字自问自答，给予我们思索。我怀疑诗人在漓江边找到的那块"美玉"，兴许就是身陷滚滚红尘却依然拒绝随波逐流的自己，抑或是他对自己的一个暗示。当我们在乱石中与这样一块"传世美玉"不期而遇时，情不自禁怦然心动。惊叹之余，让我这位曾经旅居桂林的衡阳客惭愧不已，曾几何时在漓江边依水而居，在独秀峰上登高长啸，竟然没有写出一首像样的诗歌，实在愧对那座城市。

　　我喜欢群洲某些作品里淡淡的禅意，如沉香弥漫，沁心入肺。"午后的阳光暖和，一棵树有内心的宁静／叶脉带着微笑。我所见到的菩提／有如门口躬身的居士／在一座天下名寺里，修炼千年"（《南普陀寺里的菩提》）。在南普陀寺，诗人就是另一棵菩提，每个汉字都在参禅，渡我们进入自己宁静的内心。一首诗倘若能给予读者这样的领悟，它的使命即完成。写诗就是修行，也是修心，诗人在自己的内心自留一块圣洁之地，仿佛一字一寺庙，一树一菩提。"只有手握画笔的凡·高是孤独的／他辽阔的内心，散落着花盆里的瓜叶菊，葛乐蒂的／磨坊，劳作的农妇，一阵紧似一阵的秋风"（《蒙马特的局部》），诸如这些篇什无疑是他走向户外写作的成果。"作为这个春风激荡的时代的发现者、思考者、记录者和探索者，他保有与众不同的写作方式，昂扬激情和旺盛的创造力。"在周瑟瑟兄的诗歌研讨会上群洲如是说，在我看来这既是他对瑟瑟先生的肯定，也是他对自己近年创作的观照。

诗言志，群洲的诗歌文本言之有物，寓物抒意，读之必有所获。平素好茶的我，窃以为读诗如品茗，唇齿留香，味蕾回甘，清心，思远，必是上等好茶无疑，我想好诗也大抵应该如此。显然，群洲的诗具有这样的气质。无论是状物还是写人，他的诗歌沿袭了一贯以来言简而意繁的特质，看似简约的句子却独具匠心。

　　　　入诗。入画。瓜熟蒂落的
　　　　时候，入了洞房

　　　　后来，入了巍巍青山和中国革命烈士英名录

　　　　朱德，从讲武堂走出来的四川男人
　　　　途经湖南耒阳以后
　　　　一辈子，再没有忘记这种与众不同的植物
　　　　　　　　　　——《若兰》

　　在众多写人的篇什中，我对这首《若兰》情有独钟。若兰，一定让你想到兰花，"入诗。入画"，仅此一句，他便把兰花写活了，超凡脱俗；"瓜熟蒂落的时候，入了洞房"，再读，实则写人。伍若兰，湖南衡阳人，一位文武兼备、有勇有谋的巾帼英雄，因为她是朱德的第三任妻子，更多了一分传奇色彩。可诗人剑走偏锋，摒弃人云亦云的程式化写作，着笔一个妙龄女子的爱情与归宿，令人读后耳目一新，这就是群洲高明之处。寥寥数笔出神入化，将巾帼英雄写出质地如兰的气质，堪称诗歌写人文本的典范。

同样，他写伟人孙中山也与众不同——"他给庞大的国家号脉／开异想天开的方子／／那是百年前的中国。一阵风就可以吹倒的小个子／疯了一样到处寻医问药，为治一头／睡狮的积贫积弱"。他笔下的潘玉良让人肃然起敬——"她画花朵，画女人／画镜子里自己孤独而有争议的身体／偶尔也画梦里的千里江山和水乡故园／生活所迫，一生做过许多交易。她卖身子，卖画／但有两样东西永远不卖：不容玷污的灵魂／和自己至高无上的祖国。"那些在时光中早已烟消云散的历史人物，一个一个就这样被诗人写"活"了，惟妙惟肖，逼真传神，读着读着仿佛听到他们从过去时空返回的脚步声。诗人有魔术师的功力，让读者瞬间产生奇妙的幻觉，也许这是群洲本人始料不及的。

群洲为官一方，洞悉人间冷暖，有悲天悯人的情怀，字里行间饱含了诗人温厚的情感。"事实上，我们至今都不知道她的名字／长什么模样。只知道这位母亲／开一辆破旧的出租车，起早贪黑／出入在小区门口，大街小巷／那一年，三岁的女儿在菜市场走失后／辞职做了出租车司机。十八年来，一天也不曾放弃"（《开出租车的母亲》）。"被风吹到云端的蒲公英，生活迫使他们／又一次克服了恐高症。高楼大厦的／每一块砖，都是比蚂蚁还小的他们／搬上去的，包括城市的大气与美"（《他们》）。诗人不仅写伟人、写历史人物，也写身边的普通人，用他的神来之笔，勾勒出市井人物的特征，记录他们的命运。无论是伟人还是普通人，在他的笔下逼真而传神。这些有温度、有思想的文字经他打磨，便有了触动人心的针尖，直抵我们心底最柔软的部分。

陈群洲作为一位有担当的时代歌者，作品里始终跳动着时代的脉搏。庚子新春，武汉新型冠状病毒疫情牵动着全国人民的心，群洲以诗歌的方式发出自己的声音。他写下"霹雳一阵一阵，带着人间的暖流／大雨里的武汉哭了。黄鹤楼／如张开的翅膀，长江大桥返老还童／摘下口罩的武汉，依然面若桃花／依然有春天一往无前的长势"（《坐在和谐号上的春天已经出发，它将途经武汉》）。他一口气创作了十几首，声援武汉抗疫。组诗《己亥，从武汉出发的故事》广为传播，被中国诗歌网等多处推出，制成的音频几次上了"学习强国"平台。危急时刻，群洲的行动，不禁令人肃然起敬。

这些年群洲虽然一直在体制内，却始终坚持民间写作立场。他的诗歌就是他的生活，何以如此？"三百公尺以外，市井一如既往地／喧嚣，甚至还有些疼痛与虚伪／只有我们如此辽阔，仿佛没有风的天空／干净。孤独。从来不失深沉与旷远"。读他这首《平湖冬色》，我们似乎找到了答案，纵然尘世纷扰，心有平湖，诗歌赋予了他超凡脱俗之境。

群洲以魔法般的文字为喜爱他的读者铺设了一条秘径，唯有知音方可抵达他辽阔的精神原野，我庆幸自己已经踏上了这条秘径。在那片辽阔之地，必将隆起一座思想高地，我笃信一定会有人以诗神的名字为那片高地命名。《约等于虚构》，我有幸先睹为快。作为"洲粉"，悦读之余写一点读后感理所当然。匆匆记之，权且当作与众多洲粉分享，不亦乐乎。

2019 年 12 月初稿

2020 年 2 月定稿

目　录

第四辑　　我们的一生跟芦苇有多少相似之处

每片叶子里
都有一条
庞大的河流

从烈火里取出光和时间的骨头
工匠们都是异想天开的诗人
他们，在低处写高于想象的唐诗宋词
万里江山的社稷风云。赋予泥土生命的荣耀
一个又一个春天，在光阴里远走高飞
——《衡州窑》

紫鹊界梯田

这些爱美的豹子，它们的穿着
比老虎还时尚，永远有时光的美学潮流

在云端里小憩的时候，才意外交出身体里的软
路过的春天，误把它们当成草木的
柔情，山水迷人的一部分

风吹过，群峰抖动
火山爆发之前，常常有这样的征兆

蒙马特的局部

它的个性改变了南来的塞纳河流向。它把头
昂起来，五光十色的巴黎便低下去了

盛夏，薰衣草簇拥着一条条小路
抵达古老的圣彼埃尔教堂。那里住着钟声
会唱歌的鸽子和仁慈无比的神

这时候的皮嘉尔广场多么热闹
热爱生活的人聚集在这里，他们跳舞
喝酒，肆无忌惮地谈情说爱

这时候，只有手握画笔的凡·高是孤独的
他辽阔的内心，散落着花盆里的瓜叶菊，葛乐蒂的
磨坊，劳作的农妇，一阵紧似一阵的秋风

画水术

水中有火能熔金。有刀子可断魂
有密道，通宇宙乾坤
他们吞筷子，吞铁钉，吞万物

水中有秘籍。懂画水术的人，借水
还魂，化骨头，消灾，预测未来

高手永远在民间。大字不识的人
手无寸铁的人，以柔克刚
谈笑间，天大的事，一碗水摆平

栗　子

这些秋天里长在树上的金矿

用宁静敲响时光的钟声。她们与众不同的美

有野性，有想象不到的高度

在一路向上的征途，曾经收藏季节的

呢喃，甚至喧嚣与闪电

用尖利的锋芒守护内心的淳绵

原来生命的形成过程，要经历这么多

尘世的磨难。深入她们的甜蜜

才知道爱的花朵，举着的

远远不止浪漫跟荣耀

沙　漠

被岁月凝固的波涛，它的细碎

足以跟面粉比柔软

它的坚硬与勇敢，强过石头

它沉默着，用一把沙子，沙子上的一阵风

就赶走了大大小小的所有植物

古典的蘋

即使是白天的遍地阳光，这里的景致

依然叫潇湘夜雨。天色向晚

烟雨氤氲。梦一样的小岛打动天下

潇湘奔腾不息。选择春天的佳期它们合二为一了

从此，它们的每一天都是新的

只有蘋，永远是古典的样子，与众不同

院子里的桂，年年花开。这些书香门第的长辈

第一次开花的时候，我们祖母的祖母

含苞待放，还没有当上母亲

石头上的花朵

原来阳光也是甜的。像此刻温暖淳绵的

古寺钟声。风，停止了吹动

仿佛尘世从来没有忧伤，没有阴影

没有深不可测的预谋。内心奔涌的泉

有了另一种灿烂形态

恬静而旷远。春天是一匹小马

它经过的地方，天空蔚蓝，花朵怒放

总有神在转世。多么美好呀

这些刻在石头上的传说和成长的经典

煮 茶

许多年后，一场始于春天的爱情

被一壶冰泉重新打开。越来越急促的呼吸里

青春烈焰再一次点燃了

奔腾的香，比想象还要庞大

天空嫩黄。沉睡的花朵张开翅膀

一阵一阵的风扑面而来

与隐隐约约的春天激情对话

就是在尘封的旧事里找寻自己

一切终将归于平静

而某些东西，总是无法远离

比如面色红润的春天

比如，春天的枝头上这小小的绿

衡州窑

从烈火里取出光和时间的骨头

工匠们都是异想天开的诗人

他们，在低处写高于想象的唐诗宋词

万里江山的社稷风云。赋予泥土生命的荣耀

一个又一个春天，在光阴里远走高飞

地下永远埋着金子和苦难。经典的形成过程

沉默也是一种生长。看不见的深处

奔涌的血，有纵横天下的胸襟

当灵感的釉和青花与一场烈火遭遇

灵魂打开了，五颜六色

忽略表面的粗糙，生活有多种形状

行走于草木的江湖，一觉醒来

千锤百炼的衡州，容光焕发

福严寺

从来不论人间是非

千百年来，这里的天下法院

照样明镜高悬

每片叶子里都有一条庞大的河流

表面的平静，不代表激情消失
每一条河流里都深藏着火焰

这些一往无前的大河，团结无数细流
自四面八方，举起无处不在的春天

每片叶子都是独一无二的。包括这些神秘的河流
它们的奔腾、浪花与小小的惊涛骇浪

从广袤的内心出发，抵达生命的诗与远方
一条又一条河流大写春天的神采飞扬

星海湾大桥上的鸥

每一盏路灯发光的部位，都站着
鸥。这恰到好处地应景

曾经用翅膀征服远方的辽阔
黄海之上，它们的飞翔是最浪漫的
闪电，也是天空不敢忽视的对手

而现在它们累了。不是惧怕暴风雨
是疲倦的灵魂渴望宁静和家园的温暖

这一刻，我们无法看清楚它们的面目表情
但能够读出，这些来自高处的
比天空和海洋还要深的孤独

枣 园

延安城外的这个庄园
1943 年以后开始出名了

它的名气，不是来自枣子
在延安，大个头的狗头枣，漫山遍野
整个枣园是一个品牌，营养丰沛

窑洞里的油灯闪烁着
它的光芒，穿过黎明前巨大的黑暗
为一个古老民族点亮新生的走向

在枣园，我们看到，随处可见的蒲公英
自带光芒的花，风一吹
就奔向四面八方

我们看到的枣树，还在结枣子
跟作为它背景的窑洞，都是
中华特产中，无可争议的老字号

南岳山上的摇钱树

古老的植物界也有银行。钱币
从树枝里长出来，每年春季发行最新版
只用花朵跟果实结算。没有赝品

只跟时光做永远的交易。风一吹
阳光叮当作响，秋天的草地上
财富，梦幻般遍地涌动

这种古代的钱庄比现代银行珍贵
偌大的南岳山上，只有两家
一家开在后来的财富山庄
一家，躲在藏经殿附近的原始森林深处

夜风徐徐吹过静穆的衡山

是不是只有喧嚣到极致
一座山才会给我们呈现本真的寞落
像此刻，黎明还没有到来，而衡山睡着了
它真的太累。只有这时候它才开始属于自己
我们听到的鼾声匀称而辽阔，若有若无
松涛披着星光走进梦里。蝉鸣不语
云朵住到枝上。一阵阵的风远去
仿佛幕帘，缓缓合上又开启生命另外的轮回

逍遥湖

众神在尘世有另外的活法。风一吹，她们
摇身一变，成为万年松，美人蕉，内心永远藏着火焰的枫
从岸上跳下来，她们模仿水里的锦鲤
谈情说爱，做风月无边的游戏

月夜，她们喜欢用山泉洗自己的身子
跳草裙舞。春天近在咫尺
爱美的女人，怎能无动于衷

雾气升腾，那是她们把逍遥湖
悄悄安放到了天庭。那些岸旁带香的野花
是姊妹们在凡间曾经用过的小名

出现在我面前的湄公河

从唐古拉山出发，一路狂奔的澜沧江
在中国边境安检之后，改名换姓了

湄公河。出现在我面前的时候正经历着雨季
它的左岸，是泰国延绵起伏的群山
右边是狭长的万象平原。藏匿起热带雨林的狂野暴戾
和百般诡异，它的从容恬淡超乎想象

现在，一面发黄的古镜近乎静止
照着白云蓝天、缓缓的村庄、城市与夕阳
两岸丰茂的水草代表着它的富庶、肥沃与悠闲
它有梦里的辽阔，呼吸匀称
仿佛漫长的一生，从来没有苦难与死亡

这时候，它多像我家乡的蒸水
一条有些腼腆的河流，晚年以草河的名义
依依不舍，流过我童年的家园

祝融峰

凡尘的最后一站
也是另一个世界的入口
持有特别通行证的各路神仙
方可，继续中转

海是有生命的翡翠

我所看到的大海真的有生命。翡翠
正以液态出现。它磅礴的美，令人震撼

内心光芒涌动。它的柔软
有与生俱来的舞蹈功底，不知疲倦
风，试图切割它。但总是徒劳

面对大海，我犹豫着迟迟不敢下水
生怕自己的鲁莽，会伤害到一块玉的纯粹与完整

从此，我将彻底改变对玉的印象
和田，岫岩……那些传统意义上的玉种
那些所谓的人间极品，在海的面前
显得多么零碎和小气

长进石头的树

修炼到一定境界，树

也有了自己的信仰。它们生活的方式

浪漫，有不可思议的艺术造型

它们执着而虔诚。深入石头和岁月的

风霜，取出哲学与思想的惊雷

千百年之后，建筑与皇权

已经失去始有的亮色。只有树

神采飞扬，依然保持

长盛不衰的长势

平原石缸

我们所见到的石缸，已经从虎牌啤酒的外套上
成群结队走下来。在查尔平原
这些始终没有散开的方阵，盛满传说

年复一年的寂寞陪着它们。这些
被打开了胸腔的石头，从来没有出卖过自己的秘密
它们的出现与存在，它们的来龙去脉

历史总给后人留下谜团
比如这些沉默的石头，连同它们神秘的身世

总有好奇者远道而来，沿着小路
进入一个国家的旷世迷宫

今夜的月光

穷尽一年光阴，写一个词的美轮美奂

必须拆开所有风雨，所有寒流，所有别离、残缺与痛

必须慢慢洗出时间里的金子，光芒的完整

这一刻，无处不在的香来自天上人间

如果尘世还有泪水，一定是甜的

如果，祝福也可以长出翅膀

一定有恒久照耀，细微而辽阔

如风吹过。将要抵达的地方，温润淳绵

在漓江边捡石头

秋风吹薄了漓江。风把水里的石头
吹到岸边。两岸的群山
被吹得零零散散，瘦骨嶙峋

这时的江水是成色愈发迷人的翡翠
时光里有巨大的矿。典藏畅饮的象，世世代代的驼队
鹅卵石大同小异。岁月磨去它们的棱角
内心有蓓蕾与辽阔的芬芳

在漓江边捡石头，捡到眼花缭乱
我确信，用心，就一定有一块传世美玉
在乱石堆里，等着自己

冈仁波齐

众神居住的地方。它那么远
隔着无数云霄。雪崩。夙愿
人世间的烟火和生死轮回

命运不好的，去了远方
朝圣者唐卡般的一生
只有内心干净，像天空
被经幡擦拭的灵魂，风是他们的
手势。纯粹，纤尘不染

像路旁的小花，可以没有名字
没有爱，但绝对不可以没有春天
这些高原上一路匍匐的蚂蚁
这些，我们面前一闪而过的人
可以没有眼泪，没有亲人
但永远都不可以没有神

采桑子

穿过小雨和名声在外的石湾脆肚

走失的爱又结伴回来了。满脸通红的虫子

爬行在枝间，它们注定是春天里

河流怎么也绕不过的秘密。渡船剖开

碧水蓝天的翡翠，取走时间之上的花朵

桑树园一片汪洋。桑葚子红了

时光正在给它们上色，从里到外

一种熟透的神秘的黑。四月会很快过去

包括这个下午，这些野生的童年

连同蠕动在它们内心的甜蜜

雁　峰

在南岳连绵起伏的群峰中
它的个头最小，又永远都是龙头老大

而现在，它轻松如一座山的简称
如传说。万里江山
只浓缩在小小的一壶酒里

柔情若水。兴之所至，刚烈无比
一根火柴，足以打开浩瀚的海

九月的早晨

一场雨刚刚过去。河水稠得发黄

像尚未烧制的青花，倒影厚重而复杂

跟许多早起的嘉兴人一样

这个九月的早晨，一个外地人

沿着河岸往前，试图找到海

可是更远的地方只有水鸟

野草与怒放的美人蕉，越来越广袤的荒芜

他怎么能走到尽头。古老的京杭大运河

有神秘身世，有穿越时空的来龙去脉

玉　麦

玉麦，不是玉米跟麦子。是中国的一个乡
在外国人眼里，它是中国

中国的版图。中国的空气、月亮与太阳
中国青藏高原南边，喜马拉雅山脚下，比南方一个县还要大的乡

它有漫长的国界线。有形容不了的辽阔与空旷
全乡3个人：乡长桑杰巴曲，女儿卓嘎与央宗
他们是牧民，国旗护卫队员，巡边战士

它有怒放的格桑花，野草，牛群，阳光，孤独和漫长的冬季
最大的土豆只有拇指大小。它，离天空那样近，离我们那样远

雪地里，它飘扬的五星红旗，那样高
那样自信、耀目与张扬

你 们

——写给母校的一排楠木

领受足够的养分之后，那些别处

移栽过来的小树，最终又被移走了

所有种子都有自己的翅膀与使命

春去秋来，只有你们坚守着

忠诚高于一切。像阳光，总以无法描述的

温暖照耀低处的小草和愈飞愈高的鸟儿

尘世喧嚣，没有谁可以改变你们从容的姿态

内心流淌时光的绸缎与纯粹的金子

不管长在什么地方，永远淡定，挺拔

永远保持树最优秀和最标准的样子

银　杏

交出灵魂的舍利之后

秋日的天空下，这些黄金的

冶炼师们，以身体里的阳光与香

以不一样的深刻，陈述着自己

对于生活十足的热爱

水帘洞瀑布

一路奔跑的泉，在龙口湖附近的
悬崖，交出了激情和花朵

绽放之后，她们前所未有地平静
前所未有地美丽与温柔

带着满湖的香，接下来
这些流动的翡翠，将开启另一段
擦亮时光的旅程

雁峰酒业

一群窖池，吃着人间的五谷杂粮
消化的方式很有意思：腾云驾雾之间
捧出，一坛子一坛子的香

陶器里典藏生命的来龙去脉
它们的前世，是内心奔腾的原野
风中的稻子，充满激情与爱的红高粱
发育良好的小麦。它们的今生
共着一个诗性的命名

在酒里，打开这些逝去的光阴
我们看到时间的芳香，这些
醉倒过尘世，散落于杯盏之中的云朵

秦谷的生活

一场小雨过后，水边雾岚轻卷
更高处，有炊烟升起
有若隐若现的香，自酒肆传来

门前屋后的柿子红了，仿佛被秋风
点亮的灯笼照着向晚的村庄
满垄的稻子举着野黄金。油桐熟了
茶子熟了。榨油坊里的撞击声
仿佛绵长的号子回荡在魏晋以来的山谷

牧童在牛背上移动暮色
妇人们摇动纺车，用一根根细线
织着世外桃源里，比时光
还长的生活

藏经殿

你的美轮美奂和深藏在阁楼之上的那些经书
高过群峰、祥云和徐徐升腾的香火
甚至，南朝以来无数起伏跌宕的庙宇

晨钟暮鼓里寒来暑往。阳光与风雨兀自经年
当缭梁的梵音消失在旷野，会不会有人
在意小草去了又结伴回到春天。路旁的野花
她们小小的香，曾经打动过听经的蚂蚁
跟一群低处的叶子命运紧紧相连

现在，我又一次匍匐在你身边，只为重温
你遥远的传说，你的连理枝与摇钱树
这深山老林里辽远的坚守、与生俱来的爱与梦幻财富
我不会惊动她们，不会让她们在露珠上破碎，不会

不如让你以自己的方式益寿延年，长生不老
喧嚣过后的江湖，终将回归内心的安宁
一座名寺终将寂寥如斯，神秘莫测

大河滩喷泉

在天空和大地之间，它们
是另一条垂直的河流

它们的流向，有着与众不同的
表现形式：飞天

如果不是找到了突破口，不会有人知道
一条奔腾的地下河
对于风与阳光的向往，这样疯狂

南岳衡山，这些移动的群峰

堆满石头和草木的七十二峰，不会移动

会升仙术的魏华存，跑江湖的马祖道一

大唐饮者李太白，洋教头威廉·燕卜荪

他们移动着。从华严湖到祝融峰顶

让石头和草木失去分量。他们说法传道

饮酒赋诗，信手写下一路辽阔

他们不是圣者，但名字里有黄金，有品质名贵的纹路

他们，不断抬升白云之上一座山的高度

让菩萨成群的衡山在暮鼓晨钟里承前启后

时光，总在打磨一些不会老去的经典

一些藏匿于内心的舍利子。比如福严寺里的银杏

藏经殿边为情而生的连理。因为这样那样

神秘莫测的胜境，七十二峰，不再是一个恒数

天安门广场的黎明

他们，从贵州来，从西藏来，从广东来，从西沙来

他们是打工的农民，是放了暑假的
老师和学生，是第一次出远门的爷爷奶奶
是新婚夫妇，是刚刚学步的孩子

仿佛决堤的潮水。从四面八方，将天安门
广场的黎明，涨成沸腾的五湖四海

他们看到了，护卫队员小心翼翼捧着国旗
就像捧着整个国家的心跳。捧着
霞光万道的祖国

北京的槐花雨

至少一个星期了
北京的这场雨

一直不停地下。下雨下，刮风下
出太阳也下。落下来的，全是槐花

路过的每一辆车，都铺成了花车
好像全北京城，正在办着
一场声势浩大的婚事

南岳夜雨

夜的海，深不可测。可是它究竟有多深

不断爬升的七十二峰，始终没有浮出水面

风，慢慢吹过尘世。方广寺的晚钟里

与世无争的菩萨们陆续抵达了梦界

秋天如此辽阔。群星在夜空闪耀

一条又一条河流泛着岁月的光芒

它们的流向会属于传说。这样的夜晚

大张旗鼓的一场雨，最后一刻突然止息了脚步

蝉鸣和竹林愈来愈远了，酣睡的衡山

已神仙附体，不忍打扰

时光里
有一匹
绸缎的马

风自江湖吹过，带走一树橘的忧愁
有没有一种草的偏方可以医治沉疴的祖国
被剑戟划过的郢，像一把沙子
散落在大秦辽阔的笑声里

——《今夜，一条时光的河流被打开》

今夜，一条时光的河流被打开

一条时光的河流被打开。还有它的深邃

庙堂在远方斗着蟋蟀，长袖舞动笙箫

只有艾叶、菖蒲跟它们的苦难

抱在一起，写营养不良的战国春秋

风自江湖吹过，带走一树橘的忧愁

有没有一种草的偏方可以医治沉疴的祖国

被剑戟划过的郢，像一把沙子

散落在大秦辽阔的笑声里

五月的天空乌云密布，雨打大地

再没有谁，在乎故国的疼痛

在乎一条思想的河流，有深不见底的伤口

采糖的高棉汉子

在暹粒，这些牛一样壮硕的汉子
不停地顺着竹竿往棕糖树上爬

树尖离天空顶多也就几尺远了
他们像猴子跳来跳去，每一条树枝
都是阔绰的人生大道

与棕糖树互为依存。祖祖辈辈
在险象环生的地方讨取生活

洁净的白云也不能擦去他们身上的黑
正如他们天天采糖，甜蜜的生活里
永远有挥之不去的苦涩

秋 菊

野莓谷的山坳里，66 个轮回的秋菊

开得有些异形。她一生都在跟命运交手

种在内心的苦，不断从脸上长出来

有如油画中执着的败笔。老伴走了 8 年

儿子疯了之后，儿媳妇不辞而别

她带着疯子和营养不良的两株小小菊

在几亩薄地上自生自灭。而收成总是不好

谷物干瘪瘪的，仿佛被生活掏空的她

风轻轻一吹，就有可能无影无踪

事实上，苦难的秋菊更像野生的荷

反反复复被秋风揉搓，面目狰狞

一个枯字，足以写尽

她全部的晚年

谒柳宗元

别过高出零陵的东山，潇水北去
诸公还在武庙里桃园结义
酉时一刻。天空的忧郁依然没有全部散尽
我们退隐一千多年前的唐朝
去拜访刚刚从龙兴寺搬家的先生

都是文章，柳子庙才这样高处不胜寒
长安是回不去了，众司马四面八方
愚溪也不回头。欸乃一声山水绿
幸而武陵梦得诸兄偶有往来
溪居。小石潭记。这般情景交融

踏遍古城大街小巷，寻隐者不遇
唯影子无处不在。通往永州府的路青石板幽长
穿过风风雨雨，春天又来了

李不嫁

这条不一样的汉子，依然保持着
当年校园诗人的经典范式
浪漫。个性化的胡须与长发。热血奔涌

以湘人自称。总没有远离生活的场
抽烟。喝酒。偶尔风花雪月

寂静的夜里，常常在字里行间特立独行
他的诗，特别接近鲁迅先生

他们同样弱不禁风的身子里，有如出一辙的
风骨、铁肩和无穷无尽的反叛因子

清　明

霹雳撕开的伤口，那么安静地睡着
在山坡上。在草丛间。在空空荡荡的小路那头

这一刻，记忆的枝长满伤疤
花朵，有白无法表达之痛

返青的小草，突然有了心事
长势良好的春天止息脚步
只有河流还在人世泛滥，若无其事

人间，有个美丽的地方叫天湖

从越城岭出走的一群孩子
还在漓江两岸捉着迷藏

神沉睡着。大隐于烟霞浩渺的百里云水间
午后的阳光里，海洋坪开始上升
杜鹃点燃激情的火焰。五月了，蝴蝶们
还在传递花香与爱的火炬

天蓝得像飘动的海。一路飞过的云
这些高处的羊群，谁给它们插上了翅膀

漫山遍野的水杉，仿佛白垩纪
最后的胎记，在离天最近的地方
写着人世间永远的春天

画　师

从头部开始，把对面的人

搬到纸上。眼神。嘴

寥寥几笔，就决定了一个人的死活

决定一个人死活的，还有

另外一些看不见的东西

选入宫廷的美人，因为得罪画师

一辈子，被打入冷宫

群　益

1991 年，这个蒸水边上的小村庄

跟市区中心的标准距离 29 华里

那一年，我们给村民修路，送插秧机、图书和养猪技术

帮他们建排灌站，种优质棉花、宫川和早熟五号

在田埂上，我慢慢认识了稗子、乡村的月光

工作队撤离那天，乡亲们都哭了

送行的人群中有菊，那位后来在市里宾馆做了前台的姑娘

房东大妈曾经不止一次要给我当月下老人

我最终没有成为群益女婿的原因，是那个年代

我们之间，有一条城乡差别的银河

中央邮局

巴黎公社路 2 号。一列法式火车的
始发站，也是永远的终点站

那是 1891 年的春天。跟古斯塔夫·埃菲尔设计的
完全一样，在国家的心脏部位，它运载邮件
发送长途电报。他无法设计的
是有一天，这里的游客会多于顾客

这一天。我手持一叠越南盾，不知道找谁
我想要办理的业务，是把自己
邮回一百多年前的旧时光

那里有无比浪漫的情调。在异乡
愈来愈浓的夜色里，我一边端着红酒
一边思念爱人和遥远的祖国

孙中山

年轻时给人看病。救死扶伤
是他的理想，也是他曾经理想的饭碗
如果不是后来改行，有可能
华佗再世，成为一代名医

西医出身的孙医师最拿手的却是中医
有记载以来，西医把脉
公认他是最厉害的高手，身怀绝技

他给庞大的国家号脉
开异想天开的方子

那是百年前的中国。一阵风就可以吹倒的小个子
疯了一样到处寻医问药，为治一头
睡狮的积贫积弱

那一张照片，在无数的夜晚发着磷光

散落的头盖骨，腿骨，髌骨

将军用三个月时间，才找回了

一支被拆散的部队

零部件的组装非常困难。没有名字和番号

只有仇恨，仍然滚烫滚烫的

仍然有冲锋号，从山头

一阵一阵传过来，激昂而悲壮

他们立正，稍息。朝着鬼子的方向

射出，枪膛里的最后一排子弹

我一次又一次见到过他们

在萧家山，在忠烈祠，在陆家新屋，在泪渍斑斑的纸上

他们有血有肉。我还知道他们

所有人，共着一个名字

1964年的除夕

铺天盖地的雪里，爆竹响了
母亲说，正是团圆饭端上桌子的时候

县城边的橘子园里
营养不良的一条枝上，第三只
橘子，呱呱坠地了

两个姐姐，脸上点了灯笼
虽然她们还不明白，为什么那些词语
有时是愁肠百结，有时
又叫双喜临门

60岁的爷爷，平生第一次财大气粗
用一张大票子奖赏了母亲。为她
送来姗姗来迟的长孙，为家族传宗接代的荣耀

许多年后，那只橘子遇到了一见如故的
兄弟肖友儒。才知道，1964年的除夕
普天同庆。几百里外的山村里
另一只橘子，不约而同，喜降人间

小萝卜头

后来的学者，把一株年幼的植物
从草本类，移栽进荣耀的中国革命史

刑具上生根长叶的种子，营养不良
却有理想主义的大名：宋振中
烽鼓不息，八岁的孩子
有职业革命家的经历

阴暗潮湿的牢房，没有阳光。盼春风
瘦小的灵魂，烈焰熊熊。有仇恨
有年复一年的重生，冬去春来

草原深处的那个夜晚

天完全黑了。草原深处的夜

无比诡异，每一丛苜蓿后面都藏着狼

绝望如刀，一层一层削我

越削越薄。比狼嚎微弱万倍的一阵风

随时都可能摧毁我。这时候

多么渴望有一块石头

它将是我最庞大的救命武器

哪怕不够锋利，只有拳头大小

哪怕湿湿的，跟我一样

单薄，孤独，内心有巨大的惊恐

可是没有。经历了漫长的一夜

从此我对所有来自草原的人

肃然起敬。我觉得只有他们

能够一次又一次战胜自己的人

才有资格，被称为英雄

若 兰

入诗。入画。瓜熟蒂落的
时候，入了洞房

后来，入了巍巍青山和中国革命烈士英名录

朱德，从讲武堂走出来的四川男人
途经湖南耒阳以后
一辈子，再没有忘记这种与众不同的植物

坐在铁轨上的人

一个人的站台，空空荡荡

仿佛虚拟的时光。吹碎天空的蓝

风，从哪里来，要到哪里去

带走落日、芜杂和无数生活的锈

坐在铁轨上的人，铁轨一样

寂寥孤独。这一刻的内心，暮色汹涌

只有远方，在行将抵达的黄昏

依旧张灯结彩，若无其事

谒屈子祠路上雨不停地下

似乎一场更广袤的雨，才能准确表达

我们此刻的心情。虽然该说的话

不说话的粽子和龙舟年复一年都在说

虽然昨夜，我们还在园子里跟《离骚》打过照面

汨罗江比想象的更加急湍深沉，还有它的境界

与水质的纯粹。时间已经证实了神的存在

证实了这条始终清醒的南方河流

每一朵浪花都是诗，都有爱国主义走向

屈子祠像垂暮的老人，落脚的地方有点偏

一路上白鹭翻飞，雨中的禾苗长势正好

没有人在意这些江湖的春秋

几千年的路算不算漫长

现在，我们把行囊存放在车上

只带着自己的思想和灵魂

去跟先生做片刻对饮

沈　崇

1946 年的平安之夜。北平不平安
电影《民族至上》正在热映。东长安街
一朵花，被两条恶狼盯上了

出乎意料的反抗引爆了怒潮
美国佬不知道，文弱女子的祖上
带人烧过洋人鸦片，是八国联军的死对头
骨子里有先天的仇恨，她东方式的妩媚暗藏刚烈

所幸后来她和共和国一同新生了。更加美丽地绽放
漫长的一生芳香持久。阳光覆没阴霾

她姓沈，是当时的北大预科生崇。也是后来
复旦俄文系最漂亮的毕业生，峻
有人对她一见倾心。最成熟的时节
她名花有主，做了幸福的新嫁娘

老西门，那些旧的时光

护城河边的青石板在。清的风在
明的月在。醉月楼，糊涂桥，丹砂井
原汁原味的老西门，统统在

导游说，如果只是路过
不会知道背后的故事

当然不只是路过。我们沿小巷
深入岁月，在黑白照片里
回归古典的时光

地里窖藏着伊丽莎白时代的酒
古老的窖子屋旁，树的一半枯了
那是它的昨天已经睡去
另一半，青春与激情依旧在

延安时期的爱情

战争和浪漫不是仇人。是可怕的

与可爱的两种事物，同时并存

月色迷人的小路上，移动着

慢慢长拢的战地黄花

王贵与李香香们，相爱了

延河水泛着灵光，向南流去

两只蝴蝶飞进窑洞

风，送给它们简单的祝福

开在黄土地上的花朵

有高原之上最顽强的长势

那样香，有悖于世俗

保育院里的那些哭声与笑

那些小小的爱，都发源于此

林徽因

世上女人所想要的一切，一样不缺
显赫的身世。美貌。智慧与才华

她的故事，广泛流传于民国以来的各种版本
关于女神的命名，跟诗人和哲学家悱恻缠绵的爱

自她弱不禁风的身子骨里，陆续取出了
惊天动地的美学构想：从梁家兄妹从诫、再冰
中华人民共和国国徽，到人民英雄纪念碑

也有致命之处。酒窝盛满阳光，而肺部阴影不断扩大
五十一岁那年，她从太太客厅搬到地下室里

门牌上的诗行有如她独一无二的美丽与恬静
"这里长眠着林徽因，她是建筑师、诗人和母亲"

苟坝一夜

八十三年前的那个夜晚，若隐若现的一点星火
在苟坝移动。那是一盏马灯发出的光芒
萤火虫一样细小。很微弱。很坚定

那是黎明到来之前最黑暗的瞬间。雨很大
被二十只拳头一齐推倒的前敌总政委
提着马灯，在田埂上一路狂奔

天亮了，委员长还在南京的席梦思上做着美梦
打鼓新场方向的枪声终于没有响起。他不知道
历史，再一次被料事如神的润之兄改写了

苟坝，因此成为埋葬阴谋的坟场。初春
山岭上世世代代苦难的草木，若无其事地吐着新芽

老年以后的毛泽东记忆越来越不好。唯有对苟坝那一夜
刻骨铭心。他说，所有人都坚决反对，自己坚持了
所以他相信，真理，往往掌握在少数人手里

私人理发师

还有好些日子，就开始安排
档期，要给我理发。说
你属龙的。二月二，龙抬头

每次她搬出红披风和小镜子，我就想起
解放路立交桥下面，那些挑担子的剃头老手
一边拿着刀子，对你狠狠下手
一边客客气气，冲着你笑

我的私人理发师，像一丛山背面的
菊。有非物质文化遗产专业
高级职称。专攻中老年板寸头

医生林志

他的谋生神器只比缝衣针大一点

不过已经足够了。他不是裁缝，是治病救人的医生

在传统医学领域里，专攻通经活络

祛疼痛。更多的时候像魔术师

手中银光一闪，排成长队的患者起死回生

小针刀同样可以写大传奇

如果有人在 301 医院的擂台上

常常看到他，不必惊讶。挑战疑难杂症

那是这位当仁不让的湖南帅哥

又一次亮绝招了。要问高人来自何处

他的东家有点偏，珠晖区

衡阳市第一人民医院

苗圃门诊部

潘玉良

八十二年光阴里，有过多重身份

遗孤陈秀清。青灯女子张玉良

妾小潘玉良。然后是官派留学生，画家

大学教授。她画花朵，画女人

画镜子里自己孤独而有争议的身体

偶尔也画梦里的千里江山和水乡故园

生活所迫，一生做过许多交易。她卖身子，卖画

但有两样东西永远不卖：不容玷污的灵魂

和自己至高无上的祖国

记岳阳楼

公元 1045 年，巴陵郡太守滕子京
将鲁肃造的办公楼大规模维修
又请没到过岳州的范公希文
用繁体，写下 368 字的鸿篇巨制

一座楼，从此有了俯瞰天下的高度
纵然还是原来的朝向。面对洞庭波澜
和渔舟唱晚的美景，背靠黎民百姓

胸襟不断扩大，更加广阔地接纳
风雨、彩虹和低处的忧乐情怀

时至今日，在远离庙堂的江湖
一座简易的木房子
让无数望而生敬的后来人
穷尽一生，努力攀登

长城石

我从秦长城上背回的一块石头

轮廓有点像中国版图

锈蚀严重，但含铁量依然很足。可以想象

选拔到长城卫队守护大秦帝国的勇士

体魄与忠贞是最起码的要求

所以风里雨里，它始终坚守在哨位上

这位古老的中国军人，连续服役

超过了两千二百年。它在北方

登上长城的时候，还没有南方的

湖南省建制，当然也没有位于衡阳市的

我现在的这个房子，以及房子里

摆放长城石的博古架

神　马

神马不是浮云，是战功赫赫的马

在成吉思汗陵，它是唯一活着的文物

铁木真凭什么打下辽阔的江山

最神奇的武器，除了仇恨

就是战马。依靠这些不说话的战士

他越来越庞大的队伍，从大草原出发

拿下元朝上百年的无边无际

所以他用册封的方式，表达对功臣的感激

所以，八百多年了，它不停地转世

不停地延续一个勇士至高无上的荣耀

朝　阳

冬天的菊花上，突然多了
一个冰冷的名字

朝阳兄弟，说走就走了
吝啬的上帝竟然不肯再给他几个小时
几个小时之后，新年就要到了

在告别厅，我没有见他的最后一面
这么年轻的兄弟，我永远不会跟他告别

我相信朝阳还会在明天升起
相信他只是睡了一觉。醒来，还会继续跟弟兄们
喝茶，聊天，笑谈苦难人生

春天是一条
环形跑道，所有
终点都是起点

雨后的田野上这些被蜜蜂挖出来的黄金

最打动春天的，是她们与生俱来的香

没有任何科技含量，却胜过世界上

任何一款人工合成的化妆品

——《赤水铺的油菜花》

爱上鄂尔多斯的春天

这些爱美的女人从南方来

在秋天里，她们爱上了鄂尔多斯的春天

爱上了从春天出发，一切与美有关的事物

譬如大草原上，水草织出的羊绒

柔软而细腻，白得像云朵，温暖绵长

现在，她们将身体交给它们

尽情装饰。或者肥红，或者瘦绿

她们要将大草原五彩缤纷的春天

春天里的每一朵小花

每一个美得纯粹的细节

从塞北，搬运到遥远的江南

竹子们终于在春天找到了自己的天空

它的独立、坚贞与节节向上

跟天空之下，随处可见的沉沦

有多么巨大的反差

那些无知的人，有可能还在继续

蔑视剑的单薄与它发出的光芒

抖落一身泥土，它的梦想在天空

内心，有一万双翅膀

一夜之间，它就高出了尘世

被泥土埋葬的原来不一定都是

末日和死亡。是向往，让它充满力量

彻底放弃，笋这童年的乳名

和有限的高度

如果不是一阵一阵的霹雳

没有人知道，地底下真的有呐喊

初春的蒸水河边，我看到柔情的柳正在穿衣

可能我来得太早了。她躲在雾里一丝不挂

尽情摸着自己比风还要柔的身姿

无所顾忌的香，从被雨洗净的身体里溢出来

天慢慢放亮。对着蒸水河这面巨大的镜子

她开始弯下软软的腰，不慌不忙

从近乎透明的内衣穿起。一件，一件

一身翠绿的她，很快就出现在

越来越明媚的早晨。这时候河水

突然皱起，原来看到这一幕的，除了我

还有一群身份不明的鱼儿

春天里奔跑的雁峰

春天，绝对不是一个单薄的词

它的气质与动感，承载绿水青山与时光的梦想

春天里奔跑的周家坳，深思熟虑之后

五谷杂粮，长着芬芳的翅膀

雁峰，有风骨的山水。七十二条汉子中

天生的龙头老大，它把头昂起来

就是惊雷。气势磅礴

雁峰也有梦里的似水柔情。窖藏壶中

有另外的形态，它是桀骜不驯的千里江山

是五湖四海，烈焰熊熊

为什么万物总是从春天开始

这是必然的。所有埋在地下的种子
都会找到通向天空的梯子
阳光是万物的呼吸
打开一个又一个出口，众生复活
回到从前。风，总是这样妩媚
群鸟让旷野听到回声。春天出发的草木
直至枯萎，始终保持向上的姿势
对于春天的眷恋已经写进这些最卑微的生命
石头从河流爬到岸上，历经千万年风雨
古老的脸上又开始长出青苔，春天让它们
找到返老还童的路径。离开枝头的落叶
被冰雪覆没的胚芽，被雨滴打碎的云裳之梦
走失的事物迟早原路返回
春天是条环形跑道，所有终点都是起点

等待一场雪的到来

这么多年，其实下没下雪
冬天都过去了，我们都过来了

我们所期盼的不外乎雪能带来
暂时的热闹。尘世总是有些寂寥
相对于生活的沉重，鸿毛般的雪总是很轻很温柔

雪地里，有我们干净的童年
有自己的足迹，深深浅浅

一场雪，可以覆盖许多东西
比如角落里羊群需要的温暖与恩爱
比如黑暗，大地所受到的伤害
甚至凌寒绽放的梅

我们也知道，一束阳光
就会打破所有梦幻。所以诗人
总让雪下在童话世界，所以等一等
我们很快就抵达了春天

雾凇，一次又一次虚拟过暮年的衡山

风雪雕塑着时光里的万物

云朵停驻。衡山又一次被烧制成瓷

鸟雀迷失于归途。草木在梦里

获得了自己想要的形状

生命的原点，是不是都发轫于虚无

自然界的手笔比艺术家更为大气

白发苍苍的衡山老态龙钟

异形的美，凝练而从容

天空降临人间。星光低垂

一张白纸上，有妙不可言的春天

画一些小路通往春天

落笔一定要轻。春天太嫩

长势迅猛，不能太拥挤

春天有梦幻色彩，热烈奔放

必须在白纸上画

必须考虑多留些空白

春天奔涌而来

有太多太多的出其不意

九月菊

路边的野菊花是尘世的另一种月光
一生都在赶路。它们，没有等到团聚

在去年开花的地方兀自热烈奔放
风知道这低处的一场盛宴
没有名分，依然存在的爱情

大地再一次铺满芬香。天空
以蔚蓝致敬。整个秋天
因为它们而温暖，遍地光芒

今夜，你会不会来

今夜，你会不会来。会不会
将你的北方，浩浩荡荡搬到我的南方

会不会，像被风吹散的云朵
像鸽子，一群一群，从天空飞下来
落在树上，楼顶，山峦，河流，旷野
轻飘飘的，漫山遍野，铺天盖地

台历上已经下起了虚拟的小雪
接着是大雪，一年的日子
转眼间撕完了，白茫茫一片

风还在吹，要把你可能出现的地方
吹得干干净净。你的到来
是一场盛典，容不得尘世丝毫阴影

春到衡阳

纷纷的小草从太阳广场的雪地里拱出来
那是白纸上画下的城市最早的春天

吹走陈年旧事，春风是个喜欢拨弄琴弦的人
她呵气如兰，辽阔的衡州大地
树木争相返老还童，花香传得很远

越来越绿的蒸水，奔涌的浪花
有思想的光芒。她们的名字，统统叫迎春

一群略施粉黛的女子在六月的莲湖湾跳舞

撑一把油纸伞，她们坐乌篷船来
一颦一笑，都是古典江南

六月的莲湖湾，这些淑女略施粉黛
舞姿妖娆。睡美人，是她们的保留节目

老家在《诗经》。在那里的女生宿舍
她们的昵称叫莲。个个顾盼生辉，都有小小秘密

华北平原的春天

风，一阵阵吹过
春天，柔软地扭动巨大的身子
在一闪而过的 Z6 次列车上
我注意到的这个细节
来自麦田。是刚刚醒来的四月
华北平原
可以看得见的呼吸

七月的阳光

无数透明的剑，从树林穿过

黑暗纷纷落下，一地碎片

风暗暗用力，不能把它折弯

比纸张还要薄的阳光绸缎一样

柔软的阳光柔中有刚

有钢筋铁骨。烧那么久，灵魂中有烈火

有黄金的色泽，有被点燃的激情和叮叮咚咚的回声

平湖冬日

深不见底的河流，在夏朵咖啡

终止了它的走向。灵魂深处的激情沉淀

午后。十二月的阳光有些白

白白的。穿着间或的落叶，缓缓游过湖面

这有皱纹的岁月，这城市最恬静的脸

在音乐里，原来光阴也是看得见的

像此刻，我们将冬日安置在悄悄的内心

三百公尺以外，市井一如既往地喧嚣

甚至还有些疼痛与虚伪

只有我们如此辽阔，仿佛没有风的天空

干净。孤独。从来不失深沉与旷远

春风里的萱洲

路过萱洲的春风，只在树上打一个盹

一群花枝招展的女子就有了故事

妩媚的桃。腼腆的李。体香诱人的柚子。统统躲闪着

取而代之的，是渐渐隆起的身子

阳光下，这些长势良好的小小的爱

把整个春天，春天里的甜蜜

一点一点，慢慢放大

又一次写到夏日的福严寺

云雾重重漫过来。园子里的罗汉松

豆角、空心菜和有些洋气的澳洲辣椒

再一次跟菩萨们互换了活法

在光阴里轮回，在良好的长势里打坐

草木修炼到极致才玉一样内心澄明

淡定从容。历经三千年孤独

蝴蝶依旧张开飞翔的翅膀

隔墙有声，尘世不远。袈裟移动在雨后的殿堂

福严禅寺的暮鼓晨钟里

每一级台阶，都不识人间烟火

都纤尘不染地直抵三生有幸

赤水铺的油菜花

雨后的田野上这些被蜜蜂挖出来的黄金
最打动春天的，是她们与生俱来的香
没有任何科技含量，却胜过世界上
任何一款人工合成的化妆品

我们这个城市的延安路

我又一次写到了它。几公里长的延安路

在蔡伦大道和蒸水大道之间

浓缩我中年以后全部的生活。仿佛身体里另一条血管

跟我这样息息相关。这么多年了

这些路牌，早餐店，路边的蝴蝶兰

桂花树，公交车和不断修改的斑马线

都成为我的朋友。就算从来没有打过招呼

依然如此默契，在烈日和风雨中

我们互为一体。现在，我再一次写到它

它的喧嚣，平静，偶尔扬起的尘埃

还像从前那样熟悉和亲切。树慢慢长高了

鸟儿在枝上飞来飞去，落叶

重新回到生命出发的地方

那是它们又一次从终点回到起点

那是春天，又一次回到我的延安路

春暖花开，你是最早的那一朵

——致林典铱

紫气东来，奔赴一场人世盛典
你悄悄地出场，丰富了林家铺子

漫长的雨季过后，阳光多么灿烂
从南京到衡阳，春风得意，快递花讯

草色青青的春天这样让人措手不及
蜂蝶一色的新衣。怒放的花朵
不管迎春，还是君子兰，统统含笑

赤水铺，正在成为春天的代名词

请原谅我们暂时忽略春风

我们曾经对它有过深情向往。忽略鸟巢

忽略路旁的小草和一条条开始返青的河流

我们用诗歌描述过它们磅礴的爱

现在，我们将激情交给赤水铺的蜜蜂

请它带着我们去认识铺天盖地的枝头上的阳光

这燃烧的火焰，这辽阔的天空，这波涛滚滚的海

这么细小，这么庞大，用传到很远的香

这杀伤力巨大无比的秘密武器

俘获所有热爱春天的人们

有些春天来得晚点

三月过去了，遍地野草

多么茂盛。一同栽下的油菜

有的肚子已经很大了

有的，刚刚开始谈情说爱

有些春天，来得晚些

我坐着绿皮火车，从南方去北方

只在京广线上做了一个梦

醒来，又返回满目金黄的冬天

不是所有枝头都挂满花朵

人间总有春风吹不过去的地方

小雨过后的路旁，塑料的花

年年开得悲伤

有些春天，永远都不会到来

第四辑

我们的一生
跟芦苇有多少
相似之处

面前的这些树比我们都要幸福

这一刻，我们的头都白了

但是，不管白得如何沉重，如何冷酷

如何一言不发，风一吹

它们，又能够原路回到春天

——《在雪地里》

绣球花

一梦千年，等待你的盛开。人世间
爱，这么美好。从春天出发的万物，这么美好

而你，还在向阳的山坡跟春风捉着迷藏
明知将要牵你走的人，等你出场

等你带着古典之美，带着蜜蜂都不忍心取走的
羞涩与甜蜜，瓜熟蒂落，地久天长

情人节记

这一夜。我们并排躺在月光的床上
在各自的手机游戏里，不亦乐乎

3 年前的这个夜晚。花好月圆
我们散步。一前一后。只有影子在对话

5 年前的这个夜晚。大吵一场
为鸡毛蒜皮的什么，忘记了

8 年前的这个夜晚。我们看了场老电影《甲方乙方》
看着看着，鼾声如雷。天下爱情大同小异

13 年前的这个夜晚。中山路水泄不通
朋友们找了家茶馆玩牌，通宵达旦

28 年前的这个夜晚。我用一个月的伙食费
红着脸，在艾丽丝订了一朵玫瑰

那时花开。爱如潮水
"在我的世界里，你是永远的一枝独秀"

桃花落

这些美好的信物，代表过人间最纯粹的爱
千呼万唤，她们的羞涩高于尘世

有时是烈焰。有时是水的柔情与阳光的若隐若现
现在，她们是春天最伤心的部分，是瓷
是最深处的脆弱，万劫不复

春风不是仇人。而时间打碎了梦幻

亲爱的，我又开始想你了

亲爱的，我又开始想你了。没有谁会知道

江山辽阔，我的宫殿空空荡荡

只住着你一个人，你的影子、笑声和低头不语

亲爱的，想一个人，怎么会这样突然

像现在，我只想告诉全世界，不要以为

我真的若无其事。我，想一个人了

可是，想一个人怎么会这样累

还不能对别人说。亲爱的，想一个人

怎么会这样莫名其妙，惊慌失措

亲爱的，是不是想一个人，就是在内心种花

就是，租一条浪漫的小路回到春天

就是一起牵手，回首往事，然后写诗。亲爱的

想一个人的时候，是不是都会想得很具体

比如洁白的牙齿，瀑布般的长发与羞涩

都有独特味道。是不是想一个人

都会有小小失态，会从此不想说再见

是不是，就像一颗种子慢慢萌芽，生长的

一点一滴，都是美好的出发与回答

母　亲

我知足了。54 岁，自己仍然是一个孩子
母亲 83 岁，腿脚灵便，胃口好
晚饭后陪她在院子里走走，步子比我还轻稳

她早年吃进去的苦接近于人世苦难的总和
老了，才有想象不到的身板硬朗
这些年，记忆开始清零，她不愿意想起的往事太多

时光终究不会留住任何一个人
我必须跟时间赛跑，把陪伴老母亲的幸福拉长
若是有人看见我拜过菩萨，这不是什么秘密
我想祈求菩萨保佑她轻轻松松活上百岁
她，是世界上最好的老人

那些睡去的亲人总被安放在山坡

山顶的那些雪，只是冬天里的又一次白头

春天一来，它们又会返老还童

生命，在轮回里周而复始

所以，那些睡去的亲人

总被安放在山坡上，年复一年重生

青山如黛。总有那么多的树

前世今生，郁郁葱葱

生命的长度

38。29。28。23。15。8
李大钊。杨开慧。夏明翰
伍若兰。刘胡兰。小萝卜头

当我们不断地在历史和现实中
一次又一次跟这些高贵的灵魂相遇
我们确信，一个人生命的长度
不能简单地以身体存世的时间来计算

某一刻，他们的心跳可能曾经停止过
而生命依然疯长。没有人怀疑
他们恒久的存在。现在，主义和信仰
是他们轮回的青春与替身。在岁月的客厅里
我们依然可以听到这些长辈的笑声
他们有血有肉，长生不老

生命有多少存在形态，就有多少活着的方式
他们，只是不断地交换着活法。在人间
他们是繁花与年复一年的青草
在天空，他们是永远的风暴、闪电和雄鹰

美女的前世有可能是青菜

在生命的轮回中，后来她们才抵达尘世
但是依然可以看出青菜在她们身上的痕迹
鲜嫩，翡翠般的身段无比柔软
出落得水灵灵的。在最美好的一刻
被春风翻开。越翻越成熟，直至交出身子里
全部的激情与水分。要说有什么不同的话
那就是放到嘴里，青菜便完成了
由生向死。而美女刚好相反
死去的她们，又开始复活

后来的我们

许下的诺言，许多年
都不曾兑现

蓝天移动着白云。阳光又一次
融化冰雪。蜜蜂传递花们
彼此的心跳。那个春天
无数的爱情出发了

爱如潮水泛滥，暴风雨铺天盖地
只有旷野的两株树，静若处子
如果不是风推着，彼此间
连手都没有碰过

就算一生都不曾移动
就算不能走到一起，依然是
永远的一家人

早晨，来得太早了一些

缠绵刚刚渐入佳境。我不希望突如其来的
早晨来得这样没有高潮，我想在梦的盛宴里
继续酣畅淋漓。我想在跟夜告别之前

转动一下身子接着做我的梦。我希望
自己紧紧抱着的，是正在发生的美好故事
有现实所没有的芬芳，而不是被子的
麻木，和一些散落在肉体上的光

可是生活常常这样。有意无意
像五月的夏天，一种开始
始于匆匆忙忙，或者意犹未尽

园艺专业的416宿舍

六月的一阵风，便将园艺专业所有叶子吹散了

吹到湖南、四川、江苏、黑龙江、海南

直至海角天涯，烟消云散

416宿舍，最终是一张弱不禁风的照片

再也不会为小事不理不睬了

再也不会为闺蜜失恋哭哭啼啼了

再也不会六个人齐齐整整

坐在电脑桌前刷手机了

青春是一盘散沙，曾经在这里的

三张上下铺有过四年的寄存

许多年以后才知道，原来恨和爱

有时是同一个意思，都叫多么怀念从前

去和田捡石头的人

有人真的捡到了价值连城的宝贝
沉睡的石头，原来是幸运之神

更多的人奔波在和田的山水之间
与玉擦肩而过。她们，躲在
石头的芸芸众生之中，捉着迷藏

玉，是内心有光芒的女子
在尘世间转来转去，为知遇之恩
总在等那个将要出现的人

时间在石头里修炼。玉的神奇
在于，她等的是有缘的人

那些一生都找不到玉的人
不是运气不好，是永远无法抵达
一种意境：守身如玉

满山的柿子被啄得遍体鳞伤

豫北的山坡上，秋风吹走了柿树上

所有的叶子，也不忍心吹灭

挂在上面的灯笼。这些火红的灯笼

是柿树在春天就开始织的心中的太阳与月光

她们美啊，仿佛恋爱中的少女

红扑扑的脸蛋，甜甜的心事

我多么不愿意描述她们后来的遭遇

一只鸟，看上了她们。接着，又一只

一群……直至她们遍体鳞伤，渐渐暗淡

车子很快从山坡上经过，只一眼

这一生我就记住了这一幕

这些被啄过的柿子，从此住进我的心里

从此，我想一回，就生生地痛一回

开出租车的母亲

事实上，我们至今都不知道她的名字

长什么模样。只知道这位母亲

开一辆破旧的出租车，起早贪黑

出入在小区门口，大街小巷

那一年，三岁的女儿在菜市场走失后

辞职做了出租车司机。十八年来，一天也不曾放弃

父亲写给孩子的遗书

一位父亲给孩子写信了。谈

一些始料不及。这时候，他热血奔涌

头脑冷静，身体里没有瘤子

和不祥阴影，但随时可能被风吹走

寒光是来自角落里的暗器

骨头里长刺的人注定有很多对手

明天还会不会到来，无法想象

必须给孩子上最后一课

所以，他用白纸写下黑字

我们的一生跟芦苇有诸多共同之处

春风吹过，被岁月割掉的芦苇又长了出来
经历 99 轮生死，它依旧没有开口喊出痛

我们的一生跟芦苇有诸多共同之处。偶尔
低下头颅不是恐惧刀子。对生活有过轻浮与张扬
终于学会冷静，有越来越多的思考

一只鸟落在头顶。谁没有受过欺凌
感谢生命中突如其来的无法承受之重。更多芦苇
正持着利剑，越是艰难之处，越是长驱直入

照耀过我们的太阳又一次落下了。黑夜如期而来
相信这是必经之路。向一根芦苇学习，在寂寥里
对明天充满热爱，迎接还在路上的百般苦难

一言不发，不是空虚。还没到需要表达的时候
必须蒸发掉内心所有的水分，从骨子里
冶炼出纯粹的银，并且不断将它们的光芒举过头顶

荷的回忆录

秋风的刀，雕刻着一群老母亲

挤干身体里最后的水分，岁月把她们

制成标本。与美相关的一切都不辞而别了

难以想象，年轻的时候，她们的浪漫

莲。荷。藕。她们上升为母亲

诗情画意的过程。现在，时光

颠覆了她们的容颜与美丽

但是，她们仍然是母亲。就像天底下

所有正在老去的我们的母亲一样

在漓水人家打铁

在漓水人家的铁铺子打铁

抡起锤子，我不敢打刀，怕杀气太重

不打发夹，怕配不上心爱的人

我打火钳，温暖人间

打一只铁环，回到遥远的童年

母亲和我的这个下午

八十二岁的母亲，痴呆的症状越来越严重了

下午我去上班，她孩子似的悄悄跟出来

我担心她走丢，回头把她送进小区

我出来，她远远跟出来

我走一段，她跟一段

就这样，母子俩拉锯一样

把整个下午拉成一条流不动的河

又一次见到遇难多年的兄弟

已经不是第一次了。在大街上见到的这个人

长得很像我多年前情同手足的兄弟

他早年死于异乡一场谋财害命。那年春天

我哭着将永远 28 岁的他从江西运回湖南

从此，年年清明去他的坟头

送花。磕头。烧纸钱。那么多年了

他怎么可能死而复生

唯一的解释，是凶手至今逍遥法外

有人还替他纵横江湖，活在

恩怨情仇的尘世

向日葵的挽歌

迷路的孩子，在漫长的黑夜里
等待，不会到来的春天

一生不曾低下的头颅，住着无数太阳
住着遍地黄金，梦幻里的三千江山，霓裳披肩的
佳丽们，纤细的身段与旷世之爱

暴风雨过后，它们中的绝大多数紧紧抱在一起
一杯茶和一些闲言碎语，送了它们
最后的一程

因为小小的爱，这样的下午突然柔软而辽阔

这时候，微风吹过，天空蔚蓝

旷野静穆如处子。山岗上，草色褐黄

最后的金蝴蝶从银杏枝上飞走

冬，在午后如期抵达了。可是阳光依旧暖着人间

果子的香弥漫，仿佛秋天依旧没有去意

一只蜜蜂飞过来，亲了另外的一只

不会有人在意这微弱的闪电，不会在意

因为小小的爱，这样的下午

突然柔软而辽阔

从大连至丹东，这个秋天的下午有世纪般漫长

金州。广宁寺。登沙河。皮口。城子坦
庄河北。青堆。大孤山。北井子。东港北

现在，休闲版的"和谐号"和我一样，正在辽东半岛度假
前行的速度，比万年青的生长还要缓慢

在高铁时代的动车上虚度光阴，我用诗
记录这样的秋天下午。想象未曾谋面的丹东

乘务员微笑着，仿佛一阵一阵的春风刮过车厢
他们那么年轻，人生那么长，而火车那么慢

在珍珠湾的海滩上等待日出

守着太阳将要出来的地方
等她。可是，她还在海的被子里

她的睡眠比我要好。仿佛
没有什么心事，依旧鼾声如雷

她的梦那么宏阔。那么多
早起的人，没有谁能够惊醒她

约等于虚构

现在的问题是，我们不仅仅是
世界上最没有距离的陌生人

途经小站的时候，对面上来的这位乘客
完全是想象中故事女主的样子。虽然纯属巧合
落座的时候，她微笑了。我若无其事

为了这一刻，我内心甚至有些激动
可是直到终点站，谁也没有说话
除了气喘吁吁的火车，一路咣当咣当

同样的情形，生活中比比皆是
阳台上的两盆植物，不期而遇在春天里
它们兀自开花，终归擦肩而过，相望不相及

在雪地里

面前的这些树比我们都要幸福

这一刻，我们的头都白了

但是，不管白得如何沉重，如何冷酷

如何一言不发，风一吹

它们，又能够原路回到春天

来世，我要做一簇二王山的杜鹃

在二王山深不见底的波涛里

来世，我选择做一簇杜鹃

五月的山风，有桂北的淳绵

守着白云蓝天，我只做自己的王

自由自在。海洋坪这面巨大的镜子

照过五百年前的尘世。牛羊满山

没有谁会来打扰它们，生生世世的小草

没有人知道它们的名字。飞来飞去的蜜蜂

悬崖上攀缘的蚂蚁，以不同的方式

表达着相同的幸福，它们的爱

平淡、从容而真实，有小小的野性

花一样的灿烂，有不能用激动和甜蜜

简单概括的境界。这时候，如果有

一两只蝴蝶，间或舒展在我的肩膀

那是不肯离去的春天，眷恋

我的人间天上

蓝莓的味道

这些发生在山坡上的故事

跟我们年轻时的经历大同小异

小树林里高高挂起的灯笼

灵魂里的红与白,徐徐抵达的

外表的蓝,不断高过尘俗和风向

人间四月,盛满你们的青涩

连同小小的泪珠,灿烂阳光。莓

你们一路上的守望,你们的

单纯与无畏,多像那些年

我们的爱:难以启齿的

甜蜜,令人向往

在神农谷，对飞奔而来的瀑布说

让我也做一回水吧。学着你从容的样子

即使一次又一次跌到最低处

即使，在最美好的那一刻

遭遇突如其来的黑暗，即使冰冷火焰

打开时光的炼狱，依然会在疼痛中

复活灵魂的柔情与宁静。一转身

仿佛，什么也不曾发生过

无法逃避

这些年，我哭着喝了很多喜酒
朋友的孩子结婚，我参加
一回，失态一回

新娘子的父亲，把紧紧牵着的女儿的手
交给新郎，是婚礼现场
最激动人心的时刻，也是我的世界
一次又一次彻底崩溃的时候

我想起了自己的女儿。她也到了
恋爱的年龄，将她亲手交给
要永远带走她的那个陌生男人
这一刻，离我，已经越来越近了

耒，今夜你是所有人的故乡

一部大书写在时光的简上

有呼吸地述说往事。众山涌动波涛的海

群居的竹子，在秋天的翅膀上

泛滥紫霞的圣光。创耒的神农氏

造出第一张纸的蔡侯，庞统，张飞

这些依旧在发光的故人

连同地层深处的一群宝石

在同一条长河的脉络里不期而遇了

像一株竹子与另一群竹子的必然相逢

共赴一场绿水青山的激情盛宴，共度良辰

近在咫尺的耒，今夜你是所有人的故乡

有柴火点亮的温暖，是住在竹子里的玉液琼浆

在晚风的诱惑下款款出浴，是大河滩的

飞天梦想，是泉水湾的一捧月光与桂

在同一首诗里忘乎所以，神采飞扬

河里站着废弃的桥墩

时光打捞出来的那些价值连城的
木头，在水中已沉睡千年
而你们始终站着，想撑起天空
却只拥抱到了自己的孤独

船只比你们幸福，它追逐浪花
浪迹天涯，太阳升起的时候
你们只在风里读到了帆的背影
那告别的手势，充满诗意

春天也来过，一年一度
但美景总在两岸的花香里躲闪
你们存在，世界就不完美

武庙钟声

我从衡州来，习惯了南岳大庙的钟声
禅意的语言在风中传到旷远
这是出家人必备功课
爬上东山，我抡起棒槌就敲

钟声沉闷而紊乱。几乎所有人都用异样的目光看我
估计整个零陵都听到了，甚至明清以来的湘南
武庙的钟声，那是战事的警报
金属发出吼叫，非同寻常

后来我才知道，武庙的钟是不可以随随便便敲的
没有到过武庙的人，不可能完整地读懂永州
永州的历史、永州的声音和永州的分量

仿佛梦里，一树枫叶突然红了

谁是季节里最浪漫的轿夫

一路高调，请出绝美的新娘

成群的丽人披上婚纱。只有她高贵得像璀璨的公主

一袭红装热烈奔放。透熟的香来自内心

幸福近在咫尺，却依然不停地摆手

拒绝揭开盖头

高高在上的蓝天作证，梦一样的盛典

那样矜持，那样纯粹，那样娇羞

不会有人知道，为了一睹芳容

角落里，有人已经默守了三世三生

云

那么多年，我一次又一次
试图目测出自己跟云朵之间
大致的距离

我无法准确形容她的羞涩，妩媚
还有内心的光芒
偶尔的风，只在低处吹

她总那么远。不管我站在
什么角度，始终都无法靠近

终于明白了，少年时遇上的
心仪女孩，始终追不到手的原因
是她的名字，叫作云

第五辑

被秋风扫走的落叶
都是
终究放下的袈裟

如果不是后来被搬运到城里
没有人知道，这些世世代代和野果一样
自生自灭的爱，从开花到出嫁
始终不会活在开阔的视线里

——《梨》

这一刻的祝融峰只适合跟神仙对话

喧嚣跟着云海一层一层退下去
一天中最静的时刻，我们抵达祝融峰
这红尘与仙界的中转站

学着菩萨将肉身放下。晚钟响起
风，自四方吹过来。吹散香灰
落日、人间的忧愁，也吹掉我们的喘息
身上的汗渍和形形色色的欲念

晚霞依旧呈现着世俗的红晕。群峰列队
匍匐而来。它们，不需要占卜命运
朝圣，仅仅为了一次纯粹的膜拜

香椿煎蛋

枝头上的一段春光与两只梦中翅膀

在油锅里不期而遇了。一见钟情

住进彼此发育良好的身子

它们，融为一体的爱情如此明目张胆

没有名分却依然浪漫，有激情，有浓郁的香

有不顾一切的勇气。小小盘子

盛满成色很好的婚姻，春天里有爱一往无前的

江湖。它们来自民间，它们的结合

天衣无缝，有口皆碑

除了静，我再也找不到一个词
来安置这个海边的早晨

更远的地方是海。风，一阵阵吹过来
餐盘里的向日葵如日初升

淡淡的腥无处不在。这是海的气息
也是它的运动方式。这一刻
我是海的守望者，也是唯一的邻居

天空是海的一部分。有势不可挡的辽阔
云朵移动蔚蓝。飞机小得像蜻蜓
树林里，鸟儿沉浸在海的梦里

世界还没有完全醒来。除了静
我再也找不到一个词，安置
这无边无际的，异国的早晨

扫 墓

过了迎宾路，进入无名小路
前面，是无证建筑群
单门独户的地下室，住着县城里各式各样的故人
县委书记。烈士。小公务员和平民百姓

祖父是厨子，曾经给蒋介石掌过勺
父亲做过县里的剧团团长和学校校长。他们都住在这里
还有祖母，一字不识
曾经用一只眼睛看透世界

四十年间，在这条路上遇到过的人
我多数喊不出名字。他们的亲人和我的亲人
邻居多年，彼此间和睦相处，与世无争

这条路上走过的人
走着走着，都成了漫山青草
与尘世，安静地相望

衡阳浴火记

前往高铁站接北京来的朋友

衡州大道一路冒着青烟

而瑟瑟兄依旧全副武装。我对他说

赶紧脱下您的长袍吧，一根火柴

我就可以把整个衡阳点着

美女胡茗茗来得晚点。她乘坐的高铁怕热

过了咸宁再不肯往前走了。装病

趴在铁轨上夸张地喘着粗气

它知道，一场声势浩大的洪水都没熄灭

南方的火气，有气无力的空调

几乎薄得像一张纸。而纸

总是，包不住火

在南天门看到清晰的人间

往上，是祝融峰、玉皇大帝与众神的天庭
不舍尘世。回头，人间依然清晰，河流与村庄闪着微光

炊烟袅袅。这旷远的梵音，蔚蓝而渺茫
我们尘埃般小小的依恋与热爱，这样美好

凡夫俗子总是这样。越靠近仙境
内心的牵挂越多。越往前，越艰难

蝉鸣，从衡山的肺腑里传来

它在向我们示好。它代表着尘埃、草木

和一座大山里没有名字的万物

无法想象的这些身影，终将被秋风抽空

落叶般消失在低处。鸣叫

从放大数十倍才可以显示的胸腔发出

一代一代，守着漫长的黑夜退去

而我们总是把它忽略，甚至反感、厌烦

为一种无名的呐喊无地自容，是因为后来的我们

终于意识到这样的表达跟人截然不同

除了把喜悦、疼痛和绵绵的爱恋

交给虚无的文字，我们竟然没有耐心与勇气

把自己的声音，直接发出来

法华寺的春天

风从湖上吹来。油菜花一片火海
这些春天的火炬手奔跑着

旷野上连绵的阴雨一退再退
老柳长出新叶，阳雀在枝上叽叽喳喳

青瓦朱墙的法华寺披上另一道光泽
木鱼声声，菩萨总是笑而不语
突如其来的喧嚣竟然没有打扰到它

岁月若刀，不断削下人间的烦恼
与尘埃。落叶是四季的常态
真正长生不老的，只有法华寺的菩萨

南岳一夜

那一夜，诸神走出庙宇

万寿广场无比辽阔。梦里衡山

鼾声细微。寒风一阵阵吹过尘世

被秋风摘下的落叶，三三两两

移动着最后的疲惫与眷恋

不会有人在意，这些行将消失的生命

包括夜场结束之前，用诗歌点燃

激情与火焰的一群人，他们的忘乎所以

他们的几分清醒，几分糊涂

烤　鸭

烤鸭店里，那些面无表情的师傅
在已经死了的尸体上动刀子
一刀一刀，化整为零

这种京城名吃，做法跟一种叫作凌迟的古代刑罚
异曲同工。包括工具、行刑过程与手法

有所不同的是刑场与程序。凌迟
是在众人的围观中
一刀一刀割肉，把活人慢慢削死

命　运

透熟的汉白玉们，被炸药打通

转世投胎的出口，一部分沦落风尘

在生活的最底层，做了踏板

碑，甚至直接进入墓地

背负阳世间最沉重的死亡契约

只有谙于世故者，立地成佛

从此享用不尽人间烟火

汗蒸房的秘密

房间里最后只剩下孤男寡女了
灯光无比暧昧。陌生感
零距离。机会，近在咫尺

目的完全相同。释放暗藏的寒
调理肌体最为脆弱的部分
让身体出汗，直至热从体内喷涌出来

与外界相对隔绝。汗湿衣衫
甚至可以听到某种类似于爆炸的声音
那是具有挑战性的，特定环境里
人体所能承受和抵抗的极限

有些笋子在远离春天的地方长出来

春天过去很久

有些笋子才从地底下

慢慢长出来。跟尘世一样

这是一些纵然被遗忘了

依旧要名正言顺地

表达的爱情

暮 色

晚风徐徐吹过。那些低处的幸福

是受伤之后的野草，重复彼此抚慰的手势

六月的香，在什么地方吐着信子

辽阔的内心隐秘而悠长

黄昏多么柔和，无边无际

成双成对的白鹭不断融入田垄的暮霭

手牵着手，传说一样慢慢老去

毗卢之境

山里还有更深的山。每一条小路
写满暗喻,有缘之人
都可能接近传说中的神仙

风带着隐语扑面而来。清凉阵阵
衡山神秘而辽阔。蝉鸣激越

这些高处的歌者,永远清一色的梵音
"一切终成过往。不如放下"

石头般慢慢长大的树,寂寥
如星辰。从不知道生死、轮回的
晨昏和尘世间四季起伏

福严寺的银杏

从来不食人间烟火。睁一只眼
闭一只眼，照样看破尘世

庙堂里有没有一席之地
何必去争。能够随处打坐就好

那些被秋风扫走的落叶
都是内心终究放下的袈裟

真正的得道者，才有可能掌握
重生之术。春夏秋冬
不断更替，不断死去活来

走江湖

南禅是一条河，支流众多
高处的般若，是名正言顺的源头

技高一筹的怀让，磨来磨去
手里的砖块，终究磨不出镜子
道一闭目静坐着，他要立地成佛

故事的后来，是佛法无边的胜境
心中有佛。佛，就无处不在

一群身穿袈裟的和尚奔波在道场之间
湖南也好，江西也罢，一脉传承

生活书

所有活着的都将死去。一朵花

先于人，读懂了这样的哲学命题

名木的内心流动着金子与时光的绸缎

而高处的叶子，在去年同样的地方

再一次告别了美好尘世

阳光的笑曾经火焰一样有力

黑夜还是来了，并且那么长，那么无可奈何

仿佛中年之后我们所经历的人生

埋葬是一种必然过程

一次又一次，向死而生

在苏泊罕草原重新认识草

不要问，究竟是什么力量
让这些最小的生命个体
拥有了广阔的天下

它是细碎的，它是卑微的
它是没有名分的，它是生来就要
被吃掉和被反反复复践踏的

它是广袤的，它是顽强的
它是积极的，它是从来没有放弃过的
它是有尊严的，它是永生的

走近一棵草，会有许多对于生命的发现
尊重一棵草，才有真正意义上的春天

午后，我与阳光的游戏

坐在窗前，阳光跟着照过来
我明显感觉到它的力量

它穿过玻璃。我的脸上火辣辣的
它甚至试图进入我的内心
可是，我眯着眼睛，不动声色

它知道遇上对手了。坚持一会
慢慢移动，去了别处

他 们

被风吹到云端的蒲公英，生活迫使他们

又一次克服了恐高症。高楼大厦的

每一块砖，都是比蚂蚁还小的他们

搬上去的，包括城市的大气与美

现在，人们喜气洋洋搬进新居

没有谁会再想起那些遥远的往事

那些让房子和城市一层一层长高的人

那些，锈蚀的钢管上

艰难向上的草根

蓝鲸游戏

一个少年自杀了。这是游戏

最精彩的部分，也是至高境界

一路厮杀的勇士，将荣耀

写上天堂，人们在现实的大海中

找到了这条酣睡的蓝鲸

16 岁的梦里没有鲜花与微笑

没有疼痛。只有春风依旧轻轻地轻轻地吹过

仿佛全天下的母亲，长一声

短一声的呼唤

南普陀寺里的菩提

树们在寺院里打坐之后，有了一身佛法
菩提。它的前身是阔叶的杨
它的坐姿，始终保有站的样式跟从容

这时的南普陀，有可能是全中国法子最多的寺庙
一样的袈裟，一样菩萨心肠
形态各异的八百罗汉，我一个都不认识

我认出了这里有些老态的菩提
杨的样貌没有完全褪尽
接受海风、善和永远在远处的香

午后的阳光暖和，一棵树有内心的宁静
叶脉带着微笑。我所见到的菩提
有如门口躬身的居士
在一座天下名寺里，修炼千年

岐山芦荻

在岐山，褪去水性的纤纤女子
学着仁瑞寺的菩萨，在时光里打坐

穿过无边的寞落，她们终于提炼出了
生活的银子。这黑暗中的舍利
阳光一样闪耀，一片一片
有高于季节的思考

风吹夏日。这些有思想的智者
摇摆着纯银的头饰，以群舞庆贺自己的节日

梨

如果不是后来被搬运到城里

没有人知道，这些世世代代和野果一样

自生自灭的爱，从开花到出嫁

始终不会活在开阔的视线里。除了蜜蜂、知了

和果农，再没有谁知道它们经历过

什么样的风霜雨雪。它们平凡的一生

从哪里开始，又在哪里结束

身体里储藏了多少甜蜜，就吃进去

尘世间多少苦难。直至将身体

长成坚强的拳头

晚　秋

最大规模的一场化疗开始了
叶子将全部脱光。接下来
等待它们的，还有寒流和漫长的冬季

用沉默打铁的人

——兼致建元兄弟

把红通通的血，打进比铁还要坚硬的内心

而锤子高高落下，悄无声息

沉默寡言的人，随心所欲打掉

生活里的脆弱、锈与不请自来的绝望

把诗歌打成可爱的形状，比如秋天

可以安放晚风一样柔和的家园

比如自己想要的爱情，或者比河流更长的孤独

从铁里取出雷声，取出一件一件的思想

在铁铺子打铁的人，最后的作品

是把自己打成战士，身体里到处奔腾着铁流

在毛洲岛

现在，诗人们沿环岛小路

终于找到了尘世之外的这些存在

这些被忽略的低处的光芒。草木的一生

原来也名正言顺，有尊严

有卑微的快乐、忧伤

青蛇，白蛇，在人间有另外的版本

成群结队从藤蔓上长出来

被花朵牵引着，完成从动物到植物的

蜕变，徐徐进入《本草纲目》

一群竹子涉水而来，在漓江之上

她们生儿育女，传宗接代

在门当户对的婚姻里，相敬如宾

华航农庄的下午

我和一条狗，躺在草地

平等地分享这个下午

彼此互不侵扰。阳光照射过来

进入我们内心，从外到里

暖烘烘的。远山近水蜷缩着

一排电杆列队翻过山岗

它们瘦小的身子，一路写下

深冬的辽阔

十二月的村庄

云水苍茫。池塘里浮着村庄的虚拟局部

山峦内心沉睡着奔腾的河流

偶尔的小鸟飞过天空。午后的华航农庄

静得像丛林中的梦境，仿佛遥远的 1854 年

瓦尔登湖畔"春光来临之前的一切琐碎"

诗人们天高海阔，在一壶正山小种的深处虚度光阴

远处的马群还在草叶上寻找激情，而野菊花

开始告别原野。柚子的爱结束得稍晚一些

三三两两，有如油画里人老珠黄的妪

被生活抽干了水分，再没有谁会在意她们

这些路过的小小生命，她们的来世今生

风兀自吹过竹林，一阵小雨

隐于尘世，悄无声息

后　记

　　出版这部诗集，我是下了很大决心的。2016 年上半年，我的《陈群洲短诗 100 首》出版。之后几次起意，将新作整理结集，有一次甚至连目录都选编好了，但犹豫再三，最终放弃。凑足一本集子的作品数量倒不是问题，问题的关键是总感觉作品的分量不够，不足以成书。

　　2017 年 5 月，我在衡阳发起成立蓝墨水上游诗群。这是湖湘文化背景下的一个地方性民间诗歌组织，也是诗歌衡州兵团新时代的又一次集结与出发。加盟这个诗歌团队的基本条件就是每个月的创作不能少于 10 首，这是铁律。很多人最初望而却步，认为难度不小，不一定能够完成任务。后来的事实证明，我们做到了。作为群主，我克服困难带头做到，并且坚持了下来。若是不论品质，几年间创作的东西数量还真是不少。所以，收入这部诗集的作品全部是 2016 年下半年以来的创作。我扎扎实实花了 3 个月时间，特别认真地从四五百首诗中，挑选出其中的 160 余首，组编了这个新的集子。

　　作为"新归来"方阵的诗人，我的诗歌写作起步较早，20 多年前就开始在《诗刊》、《人民日报》副刊发表作品，至今断断续续写了 30 余年。诗歌是什么？似乎越往前，越糊涂。之前，我无所畏惧，陆陆续续出过六七个诗歌的集子。但是，到了这一个，突然被打住了，犹豫很久。为什么？这几年，通过重新审视与打量，我对自己前期的作品前所未有地予以否定。也许，我要真正开始深入诗歌的内核了。这恐怕也是自己反复临阵脱逃、不敢随意出书的原因罢了。回顾这几年的创作，正如熟悉我的朋友所言，以参加第六届十月诗会为转折点，我的创作较之从前一味追求把诗歌写得华美、激情奔放冷静许多，逐渐完成了从外在表象抒情到更加注重诗歌本质探寻的转身，甚至是完完全全的脱胎换骨。

现在，我和身边的诗友探讨最多的一个问题，就是如何不断地突破自我，如何把诗写短，写好，写出自己的个性跟与众不同。我主张通过细节写出诗歌的精彩，专注短制写作，在观照自然中阐发个人的生命之思，不遗余力地写出诗歌最美、最打动人和最为惊人的地方。

记得在有一年的桂林诗会上，我曾经谈到过自己的一个观点，那就是我们所抵达的现场，早已有千百万人先我们而至。怎么办？必须写出自己独特的发现，我们这些后来者的创作才会有存在的价值，才会永不过时。但是要做到谈何容易。我把创作分为三种情境：灵感写作、经验写作和强制性写作。灵感写作是很宝贵的，可遇不可求，不会常见。经验写作才是我们多数写手的一种常态。而这种状况，常常不会有新的和太好的东西呈现。所以，我们往往为之苦恼，甚至不能自拔。

30 年前湖南文艺出版社出版的《青春诗历：1990 年》中，少年气盛的我曾经写过这样一句话：一生只做一个梦，写一首永垂不朽的诗。可是，写了几十年，越写越迷糊，诗歌的真相和胜境离自己究竟还有多远？我不知道答案在哪里。也许对于我来说，这个答案一辈子都是一个梦，都会遥不可及。但是，我是那种一条路走到黑的人，在诗歌创作的道路上，不会回头，也不会止息。

陈群洲

2020 年 1 月于衡阳